종가의 불빛

이 도서의 국립중앙도서관 출판예정도서목록(CIP)은 서지정보유통지원시스템 홈페이지(http://seoji.nl.go.kr)와 국가자료종합목록시스템(http://www.nl.go.kr/kolisnet)에서 이용하실 수 있습니다. (CIP제어번호 : CIP2019042277)

고요아침 운문정신 025

종가의 불빛

하순희 시조집

고요아침

| 시조인의 말 |

이 땅에 태어나서 시조를 쓴다는 건
어마어마한 행운이요 행복한 인연이다
다시 또 주어진대도
받들리라 오롯이

2019년 11월

하순희

| 차례 |

제2부

제3부

제4부

제 1 부

오늘

살면서 건너야 했던
무수한 강을 뒤로 하며

우련 붉은 눈시울
무심한 척 손 흔들며

다시금 내가 넘어야할
또 다른 산을 본다

어머니 설법

내 몸에 상처진 것들 뜨락에 꽃으로 핀다
발목 걸고 넘어지던 무수한 일들도
생명을 실어 나르는 나뭇가지 물관이 되어

"한 세상 살다 보믄 상처도 꽃인 기라
이 앙다물고 견뎌내믄 다 지나가는 기라
세상일 어려븐 것이 니 꽃피게 하는 기라

그라모 니도 모르게 다아 나사서
더 께져 아물어진 헌디가 보일기다
마당가 매화꽃처럼 웃을 날이 있을 기다"

제3의 나라

엄니 같은 큰언니를 제3의 나라에 내버렸다
매화꽃 피어 슬픈 산비탈 뒤로 한 채
이것이 고려장이로구나 어룽지는 굽잇길

"시상에 이리 좋은 디가 어딨노?
밥 주제, 씻겨 주제, 귀경도 시켜 주제
이담에 니도 오거라이 암 것도 걱정 말고"

그 밤에 기도 했다 꿈속에도 꿈이기를
물뱀이 길을 막는 논두렁 외길 위에
오동꽃 내 마음처럼
뚝뚝 지고 있구나

어머니의 강

바람 부는 길을 따라
홀로 걷노라면
무시로 가슴 안에
울컥 내리는 비
아무리
간절하여도
닿을 수 없는 자진모리

무리 진 자운영이
강둑에 주저앉아
짓무른 눈시울로
초사흘 달 부르는데
없 구 나
어쩔 수 없구나
칠 백리 저문 강변에서

물길 푸른 아침이면
더 그리운 이름이여
흐르며 꽃피우며

부드러운 모래흙이듯
가볍게
날아서 가리
용광로 더운 그날에

어머니의 유산

아흔 셋 길 떠나신 초계 정씨 내 어머니
자 하나 가위 하나 버선 한 켤레로 남으시다
바르게
선하게 살아라
그른 길은 자르거라

차운 발을 데우는 버선처럼 살거라
꽃다지 피는 봄날 여린 쑥을 캐면서
바람결
날아서 오는
환청 같은 그리움

떨어지는 꽃그늘로 더디 오는 후회 앞에
나뭇가지 적시며 빗줄기에 스미는
청매화
향기로라도
가 닿고 싶습니다.

종가의 불빛

압정 같은 시간의 켜 연꽃으로 피워내며
막새기와 징검다리 품어 안고 건넜다
돌아서 되새겨 보면 탱자꽃빛 은은한데

누군가는 가야 할 피할 수 없는 길 위에
지고 피는 패랭이처럼 하늘을 이고 서서
추녀 끝 울리던 풍경 그 소리에 기대었다

아흔일곱 질긴 명줄 놓으시던 시할머니
담 넘는 칼바람에도 꼿꼿하던 관절 새로
한 생애 붉디붉은 손금 배롱꽃잎 흩날리고

어느새 종가가 되어 있는 나를 보며
대를 이어 밝혀주는 화롯불씨 환히 지펴
마음을 따뜻이 데우는 등불을 내다 건다

시간의 길을 찾아

— 간장을 뜨며*

살아 팍팍했을 메주 같은 가슴 언저리
쟁여 띄워 내신 천일염 물소리
땀 절은 정직한 생이,
짜디짜서 짠하다

소쿠리 성긴 틈새로 걸러지는 말씀이
더운 참숯 몇 조각 갈피마다 녹아 내려
질박한 옹기 항아리
마당귀에 앉는다

항시 내리사랑으로 묵혀둔 그 손맛을
함부로 할 수 없어 대를 이어 전하는
또 다른 시간의 길이
간 맞추며 기웃댄다.

* 시아버님 생전에 손수 지은 콩으로 담그신 60년 된

조장 鳥葬

― 어머니

마음 쓸쓸히 헐벗은 날
그 목소리 들린다.
잘 있제? 잘 하제?
푸른 울타리로 살거라
핑 도는 눈시울 너머
떠오는 맑은 하늘

내 죽으믄 무덤 만들지 말거라
말짱 태워서 곱게 가루 내어
찹쌀밥 고루 버무려 새한테 주거라

때 없이 헛헛해 오는 저린 손을 비비면
바람소리 물소리 선연한 풍경소리
깊은 뜻 새소리로 남아
젖은 길 날아 오른다

그리운 안부

어버이날 한참 지나 행사장서 만난 지인
"어머닌 좀 어때요?" 핑 도는 눈물 너머
긴 날을 병석에 계신
그 어머님 긴한 안부

"결일없재마니바부재밥잘묵고대기나"*
옆 사람이 보여주는 칠순노모 서툰 문자
바라만 보고 있어도 찌르르한 가슴 한켠

내게는 이젠 없는 풍경 한 폭 먼먼 옛일
마음 안에 보이는 못가본 지 오래인 집
또다시 가고픈 시간
그리움을 깊고 있다

* "별일 없재 마니 바뿌재 밥 잘 묵고 댕기나"

부칠 수 없는 편지

큰소리로 글을 읽던 푸른 시절 있었다
호롱불 밝혀놓고 베 짜던 어머님 곁에
당신도 눕고 싶었을 부엉이 울던 밤에

"자거라, 이젠" 그 말씀 들으면서
졸린 눈 비비면서 더 큰소리로 지켜봤다
"철커덕" 베 짜는 소리 하마나 끝이 날까

허리도 못 펴시고 밤새운 아침나절
사구* 가득 깎은 감자 가마솥에 재운 밥
고프던 밥그릇 마다 수북히 채워주시던

그 밤이 다시 온다면 한번이라도 다시 온다면
베틀을 풀어 놓고 안마라도 해드리고 싶어
이제는 부칠 수 없는, 전할 수도 없는……

* 사구 : 옹기로 만들어 물이나 물건을 담던 그릇

아득한 그리움

오늘 같은 땡볕아래 무명수건 둘러쓰고
먼살미 비탈 밭에 김매시던 어머니
"어무이"
산 아래서 소리치면
손 흔들며 허릴 펴셨네

참깨 밭에 참깨벌레 한 바가지 잡아도
차마 어쩌지 못해 도랑가에 던지시며
"워어이, 저리 가거래이"
같이 따 보낸 참깨 잎

무더운 바람결에 들려오는 매미소리
황토 밭가 솟아나던 약수로 목축이던
그날은
아득한 그리움
내 마음속 점멸등

즐문토기

바람이 흐르는 한적한 거리에서
사람이 북적대는 박물관 인파속에서
뇌리에
아른 대는 빗살
마디마디 각인된

새로이 잎을 내는 맥문동 여린 꽃대
내리며 녹아버리는 흰 눈을 바라보며
영혼을
흔드는 무늬
새 한 마리 날려 보네

기원

미안하다 잘못했다 부디 용서해라
잘 할 거라 잘 지낼 거라 그냥 그리 생각했다
어쩌면 떨쳐버리고 생각하기 싫었다

떠다니는 바람처럼 온 우주 떠돌다가
어느 하늘 어느 땅에 비가 되어 내리면
너 떠난 나무 아래서 새움이 돋을 게다

황금능선을 오르며*

매운바람 맞으며 혹한을 건너가며
묵묵히 올라가는 부푸는 꽃잎새길
또 다른 생각이 얹혀 발걸음이 느리다

산행 길 닮아있는 사는 날 고빗길에
저마다 짐을 지고 버거운 삶을 지고
스스로 올라야 하는 쉽지 않은 길 위에

한 숨을 돌려주는 너럭바위 차운 정기
비우고 비워내라 일깨우는 바람소리
지나온 신발의 행간 산죽처럼 청정하고

망망대해 정상에서 내려 갈 일 아득한데
헤쳐 온 삶의 자락 허방도 짚어가며
그리움 마무리해야 할
시간의 숲이 정갈하다

* 황금능선: 지리산 산청군, 아름다운 능선

겨울, 순천만順天灣 의 기억

흐르는 물처럼 매어둔 적 없는 날
바다로 이르는 길엔 갈대꽃이 무성했다
바람에
흔들리는 갈목
새처럼 날고 있었다

꿈들이 빠져나가는 페타이어 지붕 아래
돌아가 안기고픈 갯벌이 따라왔다
허기진 그리움들을
쓰다듬는 밀물 사이

비우지 못한 말들이 첫 마음으로 돌아가라
야성의 말갈기 세워 다그치던 그 갈대만灣
시퍼런
날을 세우며
이 밤은 더 푸르겠다

늦은 밤

부모님 내 나이 무렵 나는 무얼 했었나
초임지 근무하느라 부르튼 신혼 살이
가만히 되짚어 보니
세상 물정 모른 천치

사는 내내 허둥지둥 내 코가 석 자라서
헤아리지 못한 정 마음 빚만 깊어가고
늦은 밤 텅 빈 창가에
붉은 시만 목이 멘다

학교 가는 길

― 히말라야 레에서

아버지 등짐 위에 업혀서 건너는 강
얼음장 깨고 물속 건너 맨발로 걷고 걷는
목숨은 하늘에 걸고 헤쳐 가는 벼랑길

어린 손자 따라서 열흘을 꼬박 걸려
한 눈 팔 겨를 없이 배곯아도 웃으며
배움이 그 곳에 있어 오로지 가는 길

"올 때 힘들었어 안 힘들었어 그거 생각해"
잘 해야 돼 포옹하며 먼 훗날 기약하는
뜨거운 삼대의 눈물 설산을 녹여 흐른다

황사 속에서

그대 이런 날 가슴으로 운 적 있나요
바람 속에 홀로 서서 눈시울을 비벼도
편도선 달뜬 고열로
아려오는 목울대

금생에 고비사막 가본 적은 없지만
광막한 모랫벌에 물길 내어 나무 심고
울창한 푸른 숲으로
노래하며 가고픈 길

이런 날 차마 아무도 못 보내요.
부연 대기 속에 그대 얼굴 흐려져
가슴 안 깊은 창고에
등 하나 켤 때 까지

제 2 부

바람의 말

밤새도록 온 세상을
떠돌아다닌 하얀 아침

누군가 나는 누군가
발가락이 저리다

아무도 잡을 수 없는
빈 시간 그 언저리

컵라면

컨베이어 벨트에서 지하철 철로에서
끓지도 못하고 데우지도 못한 채
때 절은 손톱 밑에서 숨죽여 울고 있다

달리지 못한 시간 소통하지 못한 말들
객창을 두드리며 흐르는 빗물 따라
무심히 다만 속절도 없이 그 시간은 떠나갔다

퍼렇게 시퍼렇게 저린 저 꿈 어쩔거나
쓸쓸한 날들은 활짝 바람으로 부풀어
이담엔 꽃으로라도 환하게 피어나라

* 이 땅의 산업현장에서 떠나간 억울한 죽음을 진혼하며

미분양 파랑 주의보

꽃바람 분분하면 상황 좀 나아질까
주인을 찾고 있는 미분양 아파트촌
파도가 잔잔한데도 입질 없는 난바다

짓무른 발가락을 반창고로 감아도
새 건물 올라갈 땐 신바람이 일었다
지금은 꿈쩍하지 않는 거인 손에 갇힌 채

이 난제를 풀어낼 마술 램프는 없을까
숭숭 뚫린 양말 새로 등짐을 감추었던
찬바람 불어오는 시간 손끝이 갈라진다

바람의 전언

아우야 미안하다
혹한의 이 계절을

종잇장 같은 바람막이도 되어 줄 수 없구나
난달에 나가 앉아서 칼바람을 맞아도

냉가슴을 헤집는 자진모리 장단에
버팅기는 한 생애 벽이 되는 날을 지나
꽉 다문 어금니 사이
배어 드는 흙빛 노을

이력서에 함께 했던 지난날의 견장일랑
하늘 호수 물빛 속에 구름처럼 흘려보내고
용광로 제련을 거쳐
새 그릇으로 돌아오라

노숙의 밤

나뭇가지 저편으로 바람이 살아난다
아득히 무너지는 마음의 결 젖어서
혈육에 꽃물 들이는
한 생이 눈물겹다

소태맛 저리는 의자 아려오는 빗물 마당
천근만근 돌덩이 안고 가는 걸음 위로
초승달 실눈썹 비껴 쑥뜸 뜨는 관절마디

녹이 슨 붉은 날들을 리어카로 밀면서
구르는 잎 새 같은 한 닢 찬 세월을
뼈 깎는 장인匠人을 닮아
살아서, 살아 내거라

N잡러*

물 한 컵 삼각 김밥 하루를 계량하며
고된 일과 비정규직 선 채로 마감하는
퇴근은 또 다른 출근 허둥대는 시간 출구

제약회사 설명회 늦은 밤 자리한 채
휘어지는 판매액에 굽어지는 가장의 무게
희망을 배낭에 담고 간이 의자에 기댄다

고지혈 녹이는 알약 경동맥을 뚫는다고
졸리는 눈 비비며 필기하는 공책 속에
미래가 환해져 올까 낯가림 없이 찾아올까

*여러 가지 직업을 가진 사람. 신조어

돌아가고 싶다
― 소녀상

살고 싶다 살아서 꿈길에도 가야 한다
맘대로 죽을 수 없는 황군의 신민이란다
누더기 몸이라 해도 살아서 돌아가야만 한다

살아도 죽은 목숨 벽을 쌓고 살건만
아직도 끝나지 않은 굴욕의 시간 속에
시계는 멈춰버린 채 찢긴 꿈을 못 깁고

언제까지 이렇게 서 있어야만 하는지
그 편린들 그 기억들 지우지도 못한 채
하늘로 떠나는 영혼들 진혼가도 못 부른 채

풍경
— 다민족

아프지 않은 손가락이 어디 있으랴
집중호우 쏟아지는 어시장 도로변에
선채로 비 맞고 먹는 아들만 같은 혼밥족들

이역만리 떠나와 생이별한 아픔을
어눌한 품새로 실어내는 목 쉰 소리
화면 속 겹쳐져 오는 흑백사진 흐릿하다

재개발단지

낮달은 레미콘춤사위 놀림 따라 흐르고
대문 틈새 홀로 붉은 우단동자 한포기
얼마 전 사라진 그 집
열쇠만 꽂혀 있다

누군가를 품어줬던 따뜻한 보금자리
"보상금 다 해도 꼭대기 방도 못 구한다"
"관리비 하나 없어도 웃으며 살았는데……"

거대한 공룡들이 삼켜버린 외침이
뒤숭숭한 소문들 난분분한 골목어귀
헐려진 뼈대사이로
빗물 젖어 떨고 있다

대설

성성했던 여름날 푸른 가지 꺾인 나무
삼시세끼 못 챙기는 후줄근한 어깨 위
떠밀린 직장 벤치에 떨어지는 휘인 눈물

일인당 국민소득 3만 달러 시대라고
실감이 전혀 안 나는 통계상의 숫자일 뿐
사는 일 팍팍한 가슴, 바람 숭숭 눈 설설

백골세

백골에 매기는 세금 독하다는 그 한탄*
오늘도 피눈물 나는 민초들 저린 속내
식탁 위 붉은 화살표
상한선을 그리는 저녁

누군가 호출하는 급박한 초인종소리
구급차 경적소리 가로등도 켜지는데
별똥별 떨어져 내리며
한밤을 건너가고

바람벽도 못되는 기댈 데 없는 하늘
응원할 구원투수 7회 말에 나올런지
뜨겁게 고이는 응혈
기다림만 깊고 깊다

* 조선조 정래교의 농가탄嘆에서

45

소에 관한 명상

본시 나는 광활한 초원의 성자였다
시간의 강을 건너 바람의 말 전하며
아픔도 안으로 다스려
되새김 할 줄 아는

넓은 들 한가롭던 먼 기억의 농경시대
순박한 사람의 손길 눈빛으로 알아채고
꽃망울 터지는 기쁨
새끼랑 나누었다

어느 날부터였나 알 수 없는 울에 갇혀
가공된 인공사료에 길들여져 마비된 혀
환장할 노릇이라니,
향기로운 여물냄새

생목숨 살처분으로도 구제받지 못한 채
배추 한 잎 못 당하는 숨만 붙은 핏덩어리
굶겨서 떠나가라고?
푸른 하늘 그립다

붉은 편지

갑자기 불어 닥친 예기치 못한 광풍 앞에
말로는 다 못할 기막힌 낙화 앞에
저절로 다물어지는 뜨건 함묵 아프다

흐르는 시간들이 눈부신 산 능선에
천지에 진달래꽃 흐드러진 이 봄날
무엇을 어찌하자고 무얼 할 수 있다고

아빠랑 누나가 잘 버티게 도와줘*
떠나간 동생에게 산 자를 부탁하는
흐릿한 배경 너머로 울려오는 종소리

* 팽목항에 새겨진 메모 속에서

간고등어

누군가 마음에 드는 배경 좋은 명화였나
희미한 밑그림 닮은 어둑한 수채화였나
아무리 바라보아도 알 수 없는 추상화였나

발밑에 툭 차이는 보도블록 사이로
분주히 기어 다니는 무리 진 불개미 떼
마지막 풍장을 향해 스러지는 밀잠자리

왕소금 한 움큼을 켜켜이 받아들인
석쇠 위 간고등어 하늘 향해 오를 때
잊었던 뜨거운 기억 붉은 노을 불러온다

그리운 독도

언제나 그리운 독도 으레 그기 있겠거니
홀로서도 잘 있겠거니 등 가려워도 잘 참겠거니
무심히 너무도 오래도록
무심히 던져두었다

혼자서도 넉넉하리라 생각한 게 잘못이다.
들꽃 핀 하늘 아래 걸어가는 한 순간도
푸르른 파도소리를
잊은 적은 없는데

그리운 동도와 서도 술패랭이 갈매기더러
지키라고 당부한 일 볼 낯없이 미안하다
당부만 하늘나리로
지고 피고 있구나!

천지

환한 광명 천지 감출 것 하나 없다고
확연히 드러내어 푸르른 당신 앞에
아무런 드릴 것 없는 맨 몸으로 서 있었네

다시 또 오게 하소서 기원했던 그 소망
장백산 이름으로 마주한 쓰린 가슴
각인한 붉은 한마디 되찾을 길 무엇일까

강산이 변한 시간 풍화된 바윗돌에
전하지 못한 간절함 검붉게 새겨둔 채
뜨겁게 기약 하였네 환희로 일어설 날

차마고도

죽고 사는 일이 아득한 갈림길에
말로는 차마 못할 속 깊은 아픔조차
말 잔등 실려 가면서 명차처럼 발효될까

살아가는 일이란 발효되는 일이라고
힘든 구비마다 삭히고 또 익히며
이 길을 가는 이 모두 수행중인 성자라고

아슬아슬 협곡을 매달린 외줄타기
우주와 한 몸으로 동화되어 날아갈듯
묵묵히 오늘도 간다 온 힘으로 건넌다

윤동주 생가

무한정 솟아나는 붉은 눈물 당신 생각
그 가슴 솟구치던 피눈물 흘러내려
말없이 기둥을 잡고 쓸어보고 있었다

찢겨진 문풍지에 변색된 문살이며
자리 깔린 어둔 흙방 먼지 내린 무쇠 솥
어둠속 선반위에 낡아버린 찻상이며

콩물 갈던 맷돌은 어이없이 앉아있고
박혀 있는 돌덩이 어찌 못한 세월이
쓰리고 또 아파 와서 돌비에 두고 왔다

제**3**부

독백

밤마다 자정이면
내게로 향한 주문

열려라 참깨
열려라 참깨

내일은 더 나으리라
하늘 문을 여닫는다

돌꽃*

천 년 전 하신 말씀 기억마저 잊었네
백년이 지나서야 피워 올린 가슴앓이
오늘은 이곳에 와서
그 말씀을 받아 적네

묵상하는 나무아래 나목으로 앉으면
말없는 가르침이 바람 속에 돌아와
때로는 창창한 슬픔 풀잎처럼 쓸어주고

산야를 건너오며 적셔주는 물줄기
셀 수 없는 시간 햇살 뼈 없이도 돋아나
사는 일, 이와 같음을 비석에 귀 대어 듣네

* 돌꽃 : 오래된 비석, 돌에 핌

비 오는 밤

누군가 울고 있다 늦은 밤 창문 틈 새
윙윙대는 바람소리 부딪치는 빗방울
적막한 자정을 지나 더 거세게 흐느낀다

운다는 거 산다는 거 똑 같은 두 음절로
언제나 우리 곁에 동행하고 있었다고
한밤 내 온 몸 부딪쳐 유리창을 흔든다

힘들었구나 아팠구나 홀로 선 바람 속에
아무도 보듬지 못한 아픔을 마주 한 채
용케도 살아냈구나 젖은 꿈을 채록하며

내 삶이 네게 가닿아

나뭇가지 흔들며 푸른 바람이 인다
물동이 들이붓듯 내리는 빗줄기
갑자기
쨍쨍 내리쬐며
흐린 날 지우는 햇빛

매미소리 사이로 다시 돋는 대나무 잎새
장마를 건너듯이 살아가는 날들 속에
내 삶이
네게 가닿아
젖은 손 말리기를

으아리꽃

사람아 먼 사람아 비바람 세찬 이 밤
아득한 은하계를 홀로이 건너 와서
두 손에 움켜쥔 적막을 차마 펼 수 없구나

바람 부는 들길을 한참을 서성이다
온 길을 지우고 가는 시간의 젖은 행방
숲속을 찰방거리는 물소리도 하마 깊다

산다는 건 애오라지 나를 견디는 일
으아리 목울대를 하얗게 뽑아 올려
풀무질 담금질 끝에 열린 날을 들어 올린다.

사무친 시詩

기도하는 내내 눈물 훔치는 옆 사람
안쓰러워 그 등을 쓸어주고 싶었다
곡진한 그 무엇 있어
참회 저리 깊은가

저토록 사무친 일 내게도 있었던가
탯줄 떨어져 예순일곱 녹여내는 아픔도
황토색 잔디풀빛이
가슴께 서늘한 날

사무쳐 사무친 일도 잊고 사는 오늘은
애써 잡은 두 손이 둥걸처럼 가벼워
지나온 걸음들 마다
되새겨 짚어본다

겨우살이의 말

한평생 살아온 길 있는 힘껏 손 뻗었다
남에게 빌붙어야 살 수 있는 태생이라
누군가 붙여준 이름 고맙고 감사한 일

하늘 향해 별빛 바람 백척간두 이겨 내며
잎 떨군 나뭇가지 홀로 푸름 간직한 채
험준한 고산준령에 고목들 기운 쟁여

원한 바 없이 얻은 채로 가진 바 없이 가진 채로
빼어난 기운을 모아 올곧은 한 생각뿐
눈부신 오늘을 위한 새 숨결을 품는다

질경이의 노래

땅바닥에 엎드려 꿈꾸는 푸른 나라
짓밟혀도 좋았다 멍들어도 좋았다
녹이 쓴 리어카 좌판
뿌리 내릴 곳 있으면

한평생 일군 땅이 홍수에 쓸려가도
안간힘 용틀임하며 발바닥 붙이는 난전
비탈진 구석에 기대
돌부리로 버팅기며

그만하기 다행이다 웃으며 다시 선다
밟힐수록 질긴 목숨 깨알같이 터뜨리면
까맣게 익은 씨앗이
열어가는 내일을 본다

내 고향 산청

한번 떠나온 고향은 돌아가기가 쉽지 않네
마음은 늘 고향 냇가 물소리를 듣는데
마음은 늘 그리운 어머니 목소리를 듣는데

바람결에도 마음 귀는 고향으로 기우는데
마음은 늘 울컥 울컥 향수병에 걸려 있는데
돌아만 가고픈 그 곳 갈 길 잃은 것은 아닌데

언젠가 나 돌아가 그 흙내음 맡고 싶어
풀냄새 바람소리 물소리 소쩍새 소리
잊은 듯 되살아오는 그 얼굴 보고 싶어

지리산 둘레길

정다운 사람들이 도란도란 걸어가면
땀방울 닦아 주는 지리산 푸른 바람
진초록 나무의 노래 마음을 씻어주네

혼자서 서러웠던 힘들었던 일들도
흐르는 계곡물에 흐르며 쉬어가며
산마을 산나리향에 정이 많은 사람들

지리산 둘레길은 희망을 꿈꾸는 길
지친 삶을 일으켜 되살리는 생명의 길
모두들 힘을 얻어서 달처럼 환히 웃네

지리산의 가을*

세월의 그네 줄에 매달려 흔들리며
목숨의 짬을 내어 스쳐가는 하룻날
구비진 산등성이에 단풍놀이 곱구나

불타는 잎새 사이로 다가오는 저 능선
가을 산 가을 강가 마음 맑은 사람아
텅 빈손
홀로 서있어도
풍요로 가득하다.

가슴에 맺혀 있는 세월의 모난 돌들은
산에 저 산에 그리움으로 접어두고
가을산
맑은 바람에
내 마음이 실려가네

* 황덕식 작곡, 테너 김태모 노래

겨울 우포늪

그리운 이름들이 숨 쉬는 수면 아래
고단함 내려놓고 휴식을 여는 생명들
언 손을 마주 비비며
장대나무 노를 젓는다

어디서 와서 어디로 갈 것 인지
바람 부는 제방 위 고요 속에 서있으면
얼음 속 수초더미는
마음 길을 가라하고

원시의 자유를 향한 철새들 명징한 울음
숨구멍을 틔우며 살아서 퍼득거리는 하루
새봄을 낚아 올리는
투망질이 바쁘다

봄날

생각하면 젖어오는 서러운 그대 이름
꽃보다 더 아름다운 가로수 잎길 걸으며
안으로 젖어서 운다
푸르게 흔들리며

어느 먼 시간 건너
만나질 인연이기

움트는 나뭇잎처럼
수수꽃다리 보랏빛등처럼

이리도 애절한 거냐
이리도 아픈 거냐

연가

그리움은 칼이다.
온몸을 난도질하는
영혼의 그 깊은 뜰
한 치 틈도 허여 않고
저미고
소금간 배이어
남김없이 침범하는

온전히 그대에게
가 닿기 위하여
바람이 되어 비가 되어
물이 되어 스밀 뿐
뜨거운
시간의 항아리
끝없이 차오른다.

무성서원*의 하루

잃어버린 시간들이 반딧불로 날고 있었다
박태기꽃 저 홀로 붉어 길손을 맞이하는
강학당 마루에 잠시 지친 꿈을 기대었다

지친 육신 뉘였을 때, 그 때, 그때였다
도포를 쓴 선비들의 낭랑한 그 목소리
시간을 건너뛰어서 이끌고 간 그 곳은

열정을 다스리며 끝없이 갈무리해
누천년을 연마해온 지혜로운 서책 속으로
블랙홀 빠져들듯이 빨려 들었던 한 대낮

마음 길 열어두신 그 곳은 어디였던가
말씀을 전해 주는 은행나무 귀가 있어
해마다 푸르게 뻗어 사람의 도리 묻고 있다

* 고려 때 창건해 최치원의 덕행, 학문을 추모. 대원군의 서원철폐를 모
면한 서원. 정읍 소재

가을이 오면

물든 잎새 떨구는 담쟁이 넝쿨처럼
나즈막한 돌담장에 마음을 얹어본다
억새꽃 흩날리는 들
오래도록 바라보며

은빛 햇살 잘랑이는 여닫이 창가에서
마른 손을 데운다 끓는 차 향기 속에
높아진 하늘 길 따라
별 그림자 맑게 두고

흰 뼈마디 떠나보낸 자작나무 숲길에서
어머니 탯줄 같은 정갈한 시간을 담아
그리는 수묵화 한 폭
돌아 올 이들을 위해.

지훈 문학관

사는 일이 가끔은 징소리처럼 아려올 때
어딘가에 기대어 마냥 울고 싶은 날
오롯이 홀로 문 열고 이곳에서 쉬고 싶네

이승을 건넌 후에야 멍울들이 보일까
암울을 삭혀가며 피워낸 지사의 결
닮고픈 향기로 남아 말없이도 스며들고

이끼 낀 시 한 구절 좌선에 젖는 찰나
잎 새를 떨구어 주는 사당 앞 감나무
가만히 손*을 내밀어 시린 등을 쓸어준다

* 손 : 박목월이 조지훈을 일러 말한 '크고도 섬세한 손'

제4부

백비* 앞에서

내 가슴은 무너져 여기 흰 돌 되었다
아득한 네 손길은 어느 곳에 있느냐
말씀은 다 날아올라
흰 석채만 남았느냐

* 백비 : 제주도 4.3 사태. 아무것도 기록하지 않은 채 둔 빗돌

아리랑 지문

황량한 만주벌판 목숨 줄 넘나들 때
멕시코 사막의 지열 엎어져 누웠을 때
탄광촌 지하 천 미터 어머니 한恨맺힌 숨

아득히 흘러가던 사할린 하늘 아래
발바닥 벗겨지고 물러터진 시간 배인
황톳빛 뼈저린 물살 고통 어린 두만강

세상 끝 어디선들 사무치지 않았을까
넘어진 그 때마다 일으켜준 혼의 가락
수 천 년 흘러온 피톨 휘몰이로 돌아온다

아버지

폭설 내린 지리산 천왕봉을 바라보며
어느 해 인민군의 총구 앞에 서셨다던
당신의 간절한 시간 흰 옷들이 보입니다.

어둠을 지고 오르셨던 무거웠던 발걸음
칠흑 같은 한밤을 가로질러 내달리며
생사를 놓아버린 순간 외려 담담 하셨다던

붉디붉은 계곡을 건너 사투를 벌리시다
능선을 돌아 다다른 그날 그 시간들
아직도 끝나지 않은 역사는 반복되고

키를 재는 산죽잎에 서늘함은 여전한데
그날의 바람 속에 띄워 보낸 기원들이
산처럼, 마음 속 휘돕니다, 저 깊은 침묵으로

바람의 노래

저 대륙의 검은 노래 누가 비틀 것인가
불어오는 누런 모래 날아가는 누런 새떼
이름을 부를 수 없이
젖어버린 이 땅을

바람의 신호 따라 마스크 쓴 대열들
속수무책 흔들리며 신호등을 건넌다
수많은 시간을 건너
열 것인가 열릴 것인가

황량한 사막 지나 한반도 저린 동맥
푸르게 수혈 할 바이칼 물길 같은
누군가 그렇게 와서
맑은 창을 열 것인가

서울의 집

서울에서 집들은 집이 아닌 괴물이다
반 지하 일곱 평에 일억 넘는 올 전세
근근이 찾아낸 전세 붉게 젖는 발바닥

그나마 남향이라 반사 햇살 들 거라고
만나서 다행이다 두 손을 잡으면서
에운한 마음자리는 자꾸만 아려온다

한평생을 올곧게 외길로 살았는데
풀꽃 한포기 못 심는 월세 없는 담벼락
무능한 시골뜨기는 살아온 날 의미 없어

서울이란 괴물 속에 사람도 괴물 되는지
수맥이 흐른다고 코 베가고 맘 베가고
촌부는 어리숙하여 눈시울이 더 붉다
    -

고향 구절초

먼 길을 떠나오던 날 손 흔들던 어머니
어린 날 내 모습도 그대로 서 있구나
눈시울 적시는 바람
발끝 까지 아리다

황금벼 수확해도 쌓여가는 적자더미
등 비빌 언덕 없어 맹물만 들이키는
얼레지 쪽물 배이던
그리운 무명저고리

들녘 가득 흐르는 철새들의 군무에
목이 휘인 억새풀은 하늘로 날아가고
내 이제 고향에 가도
가닿지 못 하네

유월 산

저무는 강바닥에 반딧불이 날고 있다
유월산 등성이를 걸어 걸어 오르는 밤
영원히
잠들 수 없는
영혼들의 붉은 군무

약관의 생애 지고 풀꽃 피는 들녘에서
그 혈관 타고 내리며 젖어 있는 문고리
한없이
바라고 섰다
해 저문 오늘을 건너

대청마루 등불 켜는 때 묻은 손떨림은
바람이 솨솨 부는 보리누름 삽짝문을
한평생
차마 닫지 못하여
귀 세우며 열어둔다

문신, 달의 사나이*

삶이란 매순간마다 회전계단을 오르는 일
물처럼 바람처럼 유려한 동선의 길
영혼을 오롯이 담는 필생의 이력서

첫 마음 열고 오던 가고파 노래처럼
꿈속에도 귀소 하던 고향 바다 언덕길
우주를 돌고 돌아서 닻을 내린 성소聖所에서

살아 다시 따뜻이 힘차게 포옹하는
샘솟는 생명의 그 힘, 기대어 일어서면
저리게 서러웠던 꿈 필경에는 이루리

한생을 관통하던 아름다운 숲을 걸어
찾은 꿈 시메트리 좌우균제 생명의 선율
무한대 우주를 향하여 룽다처럼 열린다

* 문신(moonshin, 1923~1995) 마산이 낳은 세계적인 조각가. 대칭을 이
루는 아름다운 작품을 많이 남김. 사랑하는 고향 마산에 문신미술관을

지어 시민들에게 받치고 싶다는 유언에 따라 세계적인 이 미술관은 창원
시립문신미술관으로 됨

** 룽다 : 지혜의 말, 티벳에서 만국기처럼 걸어둔 경전 ,바람에 날릴 때
마다 신에게로 이어진다고 믿음

대마리 전언*

마음이 먼 길 떠나 돌아오지 않았지만
천둥 번개 지진 속 파편을 쓸어안아
포화로 녹슨 철모엔 마른 꽃대만 가득하다

말없이 누운 채로 목이 메는 백마고지
눈뜬 버들개지만 바람에 흔들릴 뿐
발걸음 옮길 수 없는 난 망연히 서 있었다

포연은 사라졌으나 쉼 없이 명멸하는
붉은 눈 전광판이 피의 능선 비추는 곳
어린 목 뽑아 올린 채 재두루미 날고 있다

* 철원군 민통선 내, 지금은 해제된 마을

4.3에 부치는 노래

이 작은 섬 가슴에 왜 이리 바람 드센지
보리밭 유채꽃이 왜 이리도 샛노란지
떠도는 4.3의 원혼 맺혀 있는 아우성

누가 누구라고, 무엇이 무엇이라고
대책 없는 민족사 씻을 길이 없어서
한라산 철쭉은 붉어
살풀이굿은 붉어

드넓은 태평양 향해 웅비하는 물결 따라
흘러가라 풀어내라 잦아들라 한 몸으로
번영을 노래하는 섬
사랑을 노래하는 땅

서운암 장경각

영원히 변함없는 사랑이 그리우면
서운암 장경각에 맘 열고 달려가라
수 천 년 변함이 없을
십육만 도자 대장경 앞에

사는 날 아픔으로 고통 앞에 직면 할 때
말없이 감싸주는 장경의 숲을 걸어라
그 말씀 흘러 흘러서 이겨낼 힘을 주리니

썩지 않는 옻 향으로 심신을 단청하며
된바람도 시원하게 명상으로 받는 길
가난한 마음의 그릇 행복으로 가득하리니

큰 사랑 큰 슬픔
― 무산스님께

마음자리 찾으라 벼락같이 다가왔던
그 말씀 새겨 받고 바랄 것 더 없었네
마지막 붉은 석양이 경전되어 비춰줄 때

이 세상에 오로지 발원과 명상 힘쓰라
깊고 깊은 크신 말씀 터져버린 좁은 그릇
참혹한 어리석음을 깨우치며 걷습니다

언젠가 다시 돌아와 손잡아 끌어주실 날
끝없이 이어지는 유한한 삶의 길에
큰사랑 큰 슬픔만큼 피웁니다 환한 꽃

티벳 ,그리운 포탈라 2*

살아 한번은 꼭 찾고 싶었던
그 땅에 엎드린 채 오체투지 했을 때
빛나는 진공상태로
새하얗던 머릿속

한 포기 민들레라도 한 마리 미물로라도
지켜 줄 수 있다면, 버팅 길 수 있다면
마음을 붙잡던 애린
벗어 날 수 있을 것 같아

고개 돌려 보아도 손 저린 척박한 대지
유채꽃밭 보리누름 떠오르는 선한 눈빛
흐려진 창을 닦으며
먹먹한 날을 걸었다

* 티벳의 수도 라사, 달라이라마가 인도로 망명하기 전 살던 궁

갠지스의 여명

소리 없이 터진 통곡 핏빛여울 흘러보내며
한 점 모래알 삭아지는 한 점 불티
강물에 젖고 씻기어
새움이 돋아나라고

남은 이도 가는 이도 어우러진 한바탕 꿈
수천도 불길 속에서 자유로운 영혼들이
축제로 새 문을 열어
눈부시던 그 일출!

대마도의 무궁화
— 최익현 공

어느 봄 날 그대가 내게 주신 목합은
알 수 없는 시간을 담아두는 상자였네
잊혀진 비밀의 기억
상형문자로 새겨두는

대기층을 뚫고 오는 먼 우주의 별빛이
수선사* 그 마당가 동백꽃을 피울 때
돌확에 내린 달빛에
잠겨 있는 화살 한 촉

빗물에 젖어 섰는 의로운 넋 눈이 붉어
흩날리는 천리향도 꽃술 젖어 흐르고
하이얀 심장 한 조각
그 곳에 두고 왔을 뿐

먹물로 새겨진 한줄 활자 앞에
이제는 살려야할 푸른 뜻 푸른 강물
지나간 시간의 항아리 열어
환히 웃을 순 없을까

* 수선사 : 최익현 공의 비석이 있는 대마도의 작은 사당

회귀

언제나 변함없는 용서로 다가왔다
누군가 목숨 다해 부활로 가는 길은
단 한번 허여된 외길
황홀한 백척간두

그 어떤 장애물로도 행로를 막지 마라
직립으로 뛰어 오르는 만신창이 폭포 앞에
거치른 물보라조차 생존의 이유였다

기억 속에 살아나는 쓰라린 기쁨의 터널
수만리 거슬러온 생명 실은 만선의 배
비린 삶 닻을 내리며 반추하는 희열로

잊지 마라 모태로 다시 또 이어서 갈
오롯이 너에게로 돌아가는 긴 여정
춤추는 달빛아래서 은빛 강물 출렁인다

종소리

흔들리며 흔들리며 걸어온 해질 무렵
끝없는 그리움을 자맥질해 건너면
서늘한 가락 속으로
불빛인 양 스며온다

돌아서 올 수 없는 먼 시간 흐름 속에
되돌아 갈 수 없는 저기 만큼 거리에
아린 듯 가슴을 치는
흐린 날의 저린 뒷모습

금이 간 항아리를 메우고 조여 주듯
뼈를 깎고 깎으며 떠도는 허공중에
혼자서 외롭지 않느냐
따라오는 노래여

운주사

내 그대에게 바란 것 아무것도 없느니
마음 안 바다에 비로소 가닿아
오늘도 홀로 인 하늘
망망대해 누웠다

천지간에 가득한 바람소리 따슨 햇살
쓸쓸히 꿈을 꾸는 순례자들 발밑에
내 목숨 진한 향기를
다함없이 보낸다

천년 세월 일없이 누웠다 하지마라
말없는 말없음으로 돌꽃을 피워내어
무심한 마음의 바다 네게 주기 위함이다

산다는 건 애오라지 나를 견디는 일

박진임

문학평론가 · 평택대 교수

1. 사람아, 먼 사람아

존재, 관계, 견인, 지향, 전통… 하순희 시인의 텍스트들을 처음 접했을 때 뇌리에 떠오른 어휘들이다. 인간이란 어떤 존재일까? 어디서 와서 어디까지 가는 것이 인생이라는 이름의 여정일까? 우주의 어느 변방에서 흘러들어왔는지도 알지 못한 채 우리는 목숨을 이어간다. 바람결에 실리어 가는 먼지처럼 사라져갈 것이 또한 우리 모두의 운명이기도 하다. 유성이 별안간 절규하듯 스러지지만 아무 소리도 내지 못하듯, 그렇게 조용히 한 목숨도 저물어 갈 것이다. 탄생 이전에 속한 하나의 견고한 세계, 적멸과 함께 들어서게 될 또 하나의 세상, 하나의 성채와 또 하나의 튼튼한 벽, 그 틈새가 한 생이라 할만하다.

하순희 시인은 인간 존재의 의미를 탐색한다. 그러나 그가 존재의 근원적 고독을 노래할 때 그 시적 공간에서는 상승 지향의 기운이 감지된다. 그는 고독한 존재가 타자를 향해 손을 내

미는 순간에 대해 명상한다. 그 관계 맺음의 공간에 머물며 예비해야 할 견인의 시간을 미리 감지한다. 그래서 하순희 시인의 시조세계는 오랫동안 우리 곁에 남을 것이다. 오래고도 기나긴 시간의 풍화작용을 견뎌낼 하순희 시조의 저력은 시인이 지닌 승화의 꿈과 숭고미 지향성에서 찾을 수 있다. 그리고 모든 것을 아우르며 지하의 수맥처럼 하순희 시편을 관통하는 것은 전통이라는 이름의 큰 물줄기이다. 그의 텍스트에서 감지되는 전통의 수심은 여간 깊지 않다. 물이 깊어야 배가 쏠리거나 치우치지 않고 중심을 잡은 채 실릴 수 있다. 하순희 시편들의 저변에 흐르는 전통의 물은 언어미학의 결정체인 시를 부드럽게 실어 나를 만큼 충분히 넉넉하다. 굵직굵직하고 튼튼한 상상력의 결과물인 돛단배들을 둥실 떠올리고 지탱하기에 부족함이 없다.

먼저 「으아리꽃」을 보자. 하순희 시인이 주목한 으아리꽃 한 송이는 인간의 존재론적 고독을 표현한다.

사람아 먼 사람아 비바람 세찬 이 밤
아득한 은하계를 홀로이 건너 와서
두 손에 움켜쥔 적막을 차마 펼 수 없구나

바람 부는 들길을 한참을 서성이다
온 길을 지우고 가는 시간의 젖은 행방
숲속을 찰방거리는 물소리도 하마 깊다

산다는 건 애오라지 나를 견디는 일

으아리 목울대를 하얗게 뽑아 올려
풀무질 담금질 끝에 열린 날을 들어 올린다.
　　　　　　　　　　　　　　　　　　—「으아리꽃」 전문

　으아리꽃은 존재론적 고독을 상징하며 피어있다. 홀로이, 적막, 아득한 은하계, 바람 부는 들길… 으아리꽃이 환기시키는 고독의 이미지들은 이러한 어휘들을 통해 생성된다. 근원을 알 길 없이 던져진 존재의 당황스러움이 으아리꽃의 이미지와 그 이미지가 환기하는 시어들을 통해 드러난다. 그런 존재의 고독을 강조하듯 물소리조차 텍스트에 스며있다. 홀로 있는 먼 사람의 모습이 은하계와 바람과 들길과 물소리라는 시각적, 청각적 이미지들의 부축으로 또렷이 떠오르게 된다.

　삶이란 견디는 일에 다름 아니라고 말할 수 있다. 미국 시인, 앨런 긴스버그(Allen Ginsburg)는 시를 쓰는 이유가 " 살아간다는 것의 고통을 덜어주는 것 (to ease the pain of living)"에 있다고 했다. 살아있는 한 산다는 일, 그 고통을 조금이라도 덜어보려는 노력을 멈추지 않을 것이라고 했다. 삶은 행복과는 무관한 곳에서 시작하고 끝 맺는 것임을 그는 말하고 있다. 긴스버그를 위시한 시인들만이 아니라 작가들, 특히 여성 작가들도 삶은 그 자체로 이유이고 목적임을 자각하고 그 깨달은 바를 문학으로 표현하였다. 작가들 중에는 세상이 규정해 둔 행복이라는 것의 의미를 새로이 규명하고자 시도한 이가 많다. 행복이 인생에 있어서의 지고의 가치인지에 대해 의문을 제기하고 오히려 자신의 내적 목소리에 더 귀 기울인 작가들도 있다. 고유한 영혼의 내적 울림을 거스르며 주어진 현실 속의 행복을 오히려 삶의 멍에로 자각한 경우가 허다하다. 버지니아 울프(Virginia Woolf)의 경우를 생각해 볼 수 있다. 울프의 『달러웨이 부인(Mrs. Dalloway)』에서 달러웨이 부인은 현실에 안주하는 대신 자신만의 고유한 삶의 의미와 가치를 찾아 나선다. 여성 주체의 삶과 그 문화적 재현의 방식에 주목하며 문학이론가 사라 아메드(Sara Ahmed)도 쓴다. 행복이 삶의 목표라는 생각이 온 세상을 휩쓸고 있는 시대에 "행복을 위해 삶을 버리는 것이 아니라 삶을 위해 행복을 버리고 떠난다"고 삶에 대한 고찰을 계속할 때 그것이 더욱 진정한 삶을 열어가는 방식이라고 본다.

여성, 여성 주체, 여성의 삶이라는 주제어들은 하순희 시인의 텍스트에서 더욱 새롭고 깊어진 방식으로 드러난다. 하순희 시인은 여성 고유의 시선과 목소리로 주어진 현실을 다시금 들여다보며 삶에 대한 탐구를 계속한다. 자신에게 주어진 현실을 감내하는 자세를 보여준다. 그리하여 더욱 깊어진 삶의 의미를 탐구한다. "산다는 건 애오라지 나를 견디는 일"이라고 시인은 간명하게 이른다.

밝고 따뜻하고 고운 것으로만 충만한 세상에서라면 먼 하늘의 별이나 겨울 화롯불이 소중할 이유가 어디 있으랴? 공기는 차고 매섭기에 또한 바람은 드세기에 시인은 별과 온기와 햇살을 그리워하게 되는 것이다. 그리고 견뎌야 하는 것은 궁극적으로는 '나'를 에워싼 세상이 아니라 '나' 자신일 뿐이다. 그런 연유로 "애오라지 나를 견디는" 것은 시인이 스스로 맺는 약속이며 장엄한 맹세의 표현에 해당한다.

텍스트에 구현된 이미지들을 더욱 자세히 살펴보자. 먼저 등장한 비바람 세찬 밤의 이미지는 마지막 연에 준비된 "풀무질 담금질"이라는 장치와 적절히 맞물리게 된다. "열린 날을 들어 올린다"에 드러나는 "들어올리는" 것의 의미와 "하얗게 뽑아 올려"의 이미지에 주목해보자. 상승과 초월을 향한 시인의 기원을 거기에서 다시 확인할 수 있다.

하순희 시인이 그려내는 인생길은 다시 한번 더 숭고한 것에 이르는 노정에 다름 아니다. '지금'과 '이곳'의 행복과는 견줄 수 없는 것이 그 길의 끝에는 놓여있을 것이다. 시인이 그리는 인고의 날들로 채워진 인생길은 세 편의 텍스트에서 그 의미가 더욱 확연해지고 구체화 된다. '어머니'께 바치는 헌시로 읽히는 시편들이 그 세 편의 텍스트이다. 먼저 「어머니 설법」을 보자.

> 내 몸에 상처진 것들 뜨락에 꽃으로 핀다
> 발목 걸고 넘어지던 무수한 일들도
> 생명을 실어 나르는 나뭇가지 물관이 되어
>
> "한세상 살다보믄 상처도 꽃인기라
> 이 앙다물고 견뎌내믄 다 지나가는기라
> 세상일 어려븐 것이 니 꽃피게 하는기라
>
> 그라모 니도 모르게 다아 나사서
> 더 깨져 아물어진 헌디가 보일기다
> 마당가 매화꽃처럼 웃을 날이 있을기다"
>
> —「어머니 설법」 전문

"세상일 어려븐 것이 니 꽃피게 하는기라" 구절에서는 시인의 깨달음이 집약되어 나타난다. 어머니의 그 말씀 한마디가 바로 시편 전체를 가로지르는 주제이며 교훈인 것이다. 그리고 그 주제를 형상화해내는 방식으로 상처와 꽃의 변증법적 결합이 등장한다. "내 몸의 상처"가 "뜨락의 꽃"으로 변신하는 구절을 주목해 볼 수 있다. 1연의 초장은 느닷없이 들릴지도 모르겠다. 이호우 시조의 "살구꽃 핀 마을은 어디나 고향같다"구절을 상기시킨다. 즉 시인은 시침 떼듯이 결어를 먼저 던져둔 채 시편을 열어가기로 한 것이다. 상처와 넘어짐이 "생명"의 "물관"으로 연결된다. 도전과 고통, 그리고 상처가 있는 곳에서 진정한 삶의 꽃송이가 피어난다. 진흙 속에서 연꽃이 피어나는 것이 참으로 예사롭지 않은 일이듯 상처에서 꽃을 피우는 일은 삶의 이유이며 목적이라고 이르는 듯하다.

　이 텍스트는 대화적 상상력으로 충만하다. 어머니가 들려준 삶의 지혜가 먼저 시인의 목소리를 통해 표준어로 등장한다. "내 몸에 상처진 것들 뜨락에 꽃으로 핀다" 구절은 시인의 분신인 시적 화자의 목소리이다. 그 목소리를 통해 독자 혹은 청자는 시편 전체를 받아들일 준비를 할 수 있다. 그런 다음 시인은 어머니의 고유한 목소리로 앞의 언술을 반복한다. 상처가 변하여 결국은 꽃이 되고 생명을 운반하는 나뭇가지 물관이 되는 사연을 어머니의 육성으로 다시금 들려준다. "상처도 꽃인기라"로 시작하는 어머니의 목소리는 더욱 구체적이고 그러므로 더 절실하고 생생하다. "견뎌내몬 다 지나가는기라" "더 께져 아물어진 헌디가 보일기다". 텍스트의 구조를 다시 한 번 면밀히 살펴

보자. 어머니의 목소리가 되새김질 되어 시적 화자의 목소리로 먼저 드러난다. 그런 다음 그 뒤를 이어 어머니 고유한 목소리가 다시 메아리쳐온다. 두 겹의 목소리가 함께 어울려 들려올 때 그 소리는 더욱 견고한 전언을 형성하게 된다. 그 교훈과 전언을 내재화하는 것은 어머니에게서 딸에게로 전해지는 문화적 유산이 될 것이고 더 나아가 그 유산은 전통의 이름을 이룰 것이다. 두 목소리는 서로 어울려 더 효과적이면서도 강력한 방식으로 집안의 전통을 유구히 노래하게 될 것을 짐작할 수 있겠다. 그러므로 「어머니 설법」의 매우 중요한 모티프 중의 하나는 어머니의 목소리와 그 목소리를 반복하고 재현하는 딸의 복화술이라 할 수 있다. 「어머니의 유산」에서는 심상의 시각화가 도드라져 보인다. 「어머니 설법」에 드러난 목소리라는 청각적 소재 대신 유품들의 이미지라는 시각적 이미지가 텍스트에서 핵심적인 역할을 맡는다.

아흔 셋 길 떠나신 초계 정씨 내 어머니
자 하나 가위 하나 버선 한 켤레로 남으시다
바르게
선하게 살아라
그른 길은 자르거라

차운 발을 데우는 버선처럼 살거라
꽃다지 피는 봄날 어린 쑥을 캐면서
바람결
날아서 오는

환청 같은 그리움

떨어지는 꽃그늘로 더디 오는 후회 앞에
나뭇가지 적시며 빗줄기에 스미는
청매화
향기로라도
가 닿고 싶습니다.

　　　　　　　　　　　　　　　—「어머니의 유산」 전문

　어머니의 설법이 견인의 삶을 교훈으로 삼고 있다면「어머니
의 유산」에서는 자와 가위와 버선이라는 상호이질적인 물상들
이 등장한다. 그 자와 가위와 버선은 속성에 있어서 상호 충돌
하는 것들이라 볼 수 있다. 자는 규범과 질서를, 가위는 처벌과
추방을, 그리고 버선은 수용과 봉사를 각각 상징한다. 자는 재
고 가위는 잘라내고 버선은 감싸는 것이 각각의 기능이다. 반듯
하고도 넉넉한 삶을 이룬다는 것은 어쩌면 모순 속에서 끝없이
타협과 절충을 추구한다는 일견 불가능해 보이는 업을 이루는
것일지도 모르겠다. 때로는 재단해야 하고 더러는 가위로 베듯
과감하고도 단호하게 잘라내고 물리쳐야 하고, 그러나 궁극에
는 한 켤레 버선처럼 누군가의 고단하고도 시린 발을 감싸주어
야 하는 것, 그 지난한 과정이 바로 인생의 길인지도 모르겠다.
어머니의 유물은 그러므로 어머니가 딸에게 넘겨준 유업의 제
유(metonymy)라 할 수 있다. 그 유물을 받드는 딸의 모습이
시적 화자의 목소리로 드러난다. 빗줄기와 청매화 향기의 이미
지를 텍스트에 부림으로써 시인은 어머니의 삶을 공손히 떠받

드는 자세를 보여준다. 빗줄기는 생명의 근원이므로 재생의 염원을 반영한다고 볼 수 있다. 또한 향기, 그것도 청매화 향기를 텍스트에 덧입힘으로써 승화된 삶을 향한 시인의 결의를 느끼게 만든다.

세 번째 텍스트인 「조장— 어머니」는 적멸의 의미와 어머니의 가르침을 되새기는 텍스트이다.

마음 쓸쓸히 헐벗은 날
그 목소리 들린다.
잘 있제? 잘 하제?
푸른 울타리로 살거라
핑 도는 눈시울 너머
떠오는 맑은 하늘

내 죽으믄 무덤 만들지 말거라
말짱 태워서 곱게 가루 내어
찹쌀밥 고루 버무려 새한테 주거라

때 없이 헛헛해 오는 저린 손을 비비면
바람소리 물소리 선연한 풍경소리
깊은 뜻 새소리로 남아
젖은 길 날아 오른다

—「조장— 어머니」 전문

시적 화자에게 있어서 어머니는 부재의 대상이면서도 동시에 여전히 곁에 존재하는 대상이다. 적멸에 든 어머니의 몸은

가루가 되어 새의 몸에 깃들어있다. 조장이란 혼이 떠난 육체를 불에 태우고 가루로 만들어 새의 먹이로 만드는 장례 형태이다. 망자의 혼백과 육체가 모두 새의 몸으로 스며들게 하는 장례이다. 맑은 하늘을 나는 새가 어머니의 목소리로 시적 화자에게 삶을 가르치고 있다. "잘 있제? 잘 하제?"하고 물어오는 목소리는 시인에게 대화를 청하는 어머니의 목소리, 바로 그것이다. 시인은 천지간에 만연한 소리들에 에워싸여 있다. "바람소리 물소리 선연한 풍경소리"는 하늘과 땅 사이를 가득 채우는데 그 소리들에서 시적 화자는 어머니의 목소리를 가려듣는다. 바람소리, 물소리, 풍경소리를 배경으로 거느렸기에 하늘로 날아오르는 새의 소리는 "깊은 뜻" 새소리로 자연스럽게 변환된다. 하늘을 나는 새가 어머니의 몸과 동일시되어 새소리는 어머니의 "깊은 뜻"을 전하고 있기 때문이다. 그렇듯 하순희 시인의 시조 세계에서 어머니의 의미는 여러 겹이다. 그것은 먼저 딸의 삶이 정결하고도 넉넉하기를 바라는, 가장 친밀한 혈육의 어머니를 지칭하는 말이다. 동시에 누대에 걸쳐 이어지는 전통을 상징하는 것도 바로 어머니이다. 그 어머니는 때로 할머니나 시할머니의 모습과 겹쳐서 등장하기도 한다. 「종가의 불빛」은 전통을 받드는 삶과 그 삶을 통해 스스로 전통의 일부가 되어가는 시인 자신의 모습을 그린 자화상 같은 텍스트이다.

압정 같은 시간의 켜 연꽃으로 피워내며
막새기와 징검다리 품어 안고 건넜다
돌아서 되새겨 보면 탱자꽃빛 은은한데

누군가는 가야 할 피할 수 없는 길 위에
지고 피는 패랭이처럼 하늘을 이고 서서
추녀 끝 울리던 풍경 그 소리에 기대었다

아흔일곱 질긴 명줄 놓으시던 시할머니
담 넘는 칼바람에도 꼿꼿하던 관절 새로
한 생애 붉디붉은 손금 배롱꽃잎 흩날리고

어느새 종가가 되어 있는 나를 보며
대를 이어 밝혀주는 화롯불씨 환히 지펴
마음을 따뜻이 데우는 등불을 내다 건다
　　　　　　　　　　　　　　　　　—「종가의 불빛」 전문

　　종가의 전통을 지켜나가는 여성의 삶, 그 삶의 과정들을 시인은 그려낸다. 그 재현의 과정에서 시인이 유난히 꽃의 이미지를 다양하게 시편에 부리는 것에 주목할 필요가 있겠다. 탱자꽃, 패랭이, 그리고 배롱꽃은 꽃 피고 지는 일에서 삶의 환희를 느끼고 위로로 삼았던 여성의 삶을 강조하기 위함일 것이다. 고되어도 값진 삶에 바치는 헌사가 꽃의 이미지로 등장하는 것일 터이다. 어머니에게서 딸에게로 이어지는 여성의 삶, 그 삶은 우리가 아는 행복이라는 이름의 일상과는 거리가 먼 곳에 있는 듯하다. 견디고 또 참아가는 삶, 자와 가위처럼 잘라내어 분별하는 삶, 버선처럼 품고 수용하는 삶, 그리고 물소리, 바람 소리, 새소리에 스미어 "잘 있제? 잘 하제?"하고 물으며 챙기고 위로하는 삶… 진정 살아볼 만한 삶은 행복에 포위된 삶이 아니라 행복을 떠난 자리에서 그 의미가 분명해지는 것들, 그런 것들을 중심에 놓고 또 추구하는 삶은 아닐까?

2. 내 삶이 네게 가 닿아

'나'의 삶에서 '너'의 존재는 무슨 의미를 지닌 것일까? 하순희 시인은 여름철에 퍼붓는 장맛비 같이 앞을 분간하기 힘든 현실 속에서 한줄기 햇빛처럼 나타나 "젖은 손 말리는" 것을 관계라고 부른다.

나뭇가지 흔들며 푸른 바람이 인다
물동이 들이붓듯 내리는 빗줄기
갑자기
쨍쨍 내리쬐며
흐린 날 지우는 햇빛

매미소리 사이로 다시 돋는 대나무 잎새
장마를 건너듯이 살아가는 날들 속에
내 삶이
네게 가닿아
젖은 손 말리기를

— 「내 삶이 네게 가닿아」 전문

'나'와 '너'의 만남, 그 관계 맺음을 통하여 "물동이 들이붓듯 내리는 빗줄기" 속에서 갑자기 햇빛이 나타난다고 본다. "내 삶이 네게 가 닿아" 이루어지는 변화들, 그것이 만남과 관계가 이루어내는 힘이다. 아득하고 감당하기 힘든 삶의 길을 그래도 걸어갈 수 있게 만드는 것, 그것이 '나'에게 있어서의 '너'의 존재이다. 철학자 마르틴 부버(Martin Buber)는 이른다. "신을 찾는다는 일은 있을 수 없다. 왜냐하면 어떤 것이든 그 속에 신이 깃들지 않은 것은 하나도 없기 때문이다." 그렇다면 '너'라는 존재는 당연히 '나'의 앞에 현현한 나의 신일 수밖에 없다. 신을 경배하듯 자신의 영혼을 온전히 바쳐 이루어가야 할 관계의 소중함을 노래하는 텍스트가 「연가」이다.

그리움은 칼이다.
온몸을 난도질하는
영혼의 그 깊은 뜰
한 치 틈도 허어 않고
저미고
소금간 배이어
남김없이 침범하는

온전히 그대에게
가 닿기 위하여
바람이 되어 비가 되어
물이 되어 스밀 뿐
뜨거운
시간의 항아리
끝없이 차오른다.

—「연가」 전문

하순희 시인의 다른 시조들과는 달리 「연가」는 폭력적인 이미지를 거느린 언어들로 구성되어 있다. 칼의 이미지를 동원하며 그 칼의 베는 행위 또한 "난도질"과 "저미고"에서 보듯 격렬하게 묘사된다. "남김없이 침범하는"에서 보듯 그리움은 절절하고도 진지하다. 그토록 간절할 때에만 관계는 비로소 가능해지는 모양이다. 그러나 그리움이 무사가 휘두르는 칼처럼 막무가내인 데에 반하여 막상 그리움이 추동하는 관계는 고요하고 그윽한 모습으로 형상화된다. 타자를 압도하지 않는, 바람직한 관계의 필요조건은 승화의 과정이라고 시인은 보고 있다. 사무치는 그리움이 평온한 관계로 변환되는 과정에 매개체로 놓인 것이 바로 승화 작용인 것이다. 그리움이 누룩처럼 끓는다면 고요한 술이 거기에서 빚어지듯 "스밀 뿐"인 것이 관계의 본질인 것이다. 마침내 "끝없이 차오르"는 "시간의 항아리"가 마지막에 놓인다. 어두운 저녁 하늘 둥실 솟아오른 달의 형상을 닮은 달항아리를 "시간의 항아리"는 제시하고 있다. 폭력적일만큼 강렬한 욕망조차 거르고 걸러 항아리처럼 고요하게 만드는 시인! 시인이 일관되게 추구하는 승화와 초월 지향성을 이 텍스트에서 다시금 확인할 수 있다.

3. 다시 내일을 기다리며

여리고도 정결한 시어들이 자주 등장하는 하순희 시인의 시조세계는 결코 감상주의에 함몰되어 있지 않다. 사막에서 불어오는 모래바람 속에 서더라도 그 바람에 쓰러지고 무너지는 약

한 모습을 보이지 않는다. 「황사 속에서」를 보자.

> 그대 이런 날 가슴으로 운 적 있나요
> 바람 속에 홀로 서서 눈시울을 비벼도
> 편도선 달뜬 고열로
> 아려오는 목울대
>
> 금생에 고비사막 가본 적은 없지만
> 광막한 모랫벌에 물길 내어 나무 심고
> 울창한 푸른 숲으로
> 노래하며 가고픈 길
>
> 이런 날 차마 아무도 못 보내요.
> 부연 대기 속에 그대 얼굴 흐려져
> 가슴 안 깊은 창고에
> 등 하나 켤 때 까지

—「황사 속에서」 전문

시인은 바람 속에 홀로 서서 눈시울을 비비면서도 그 현실에서 도피하려 들지 않는다. 무엇이 그토록 거친 바람을 불러일으키는지 스스로 질문한다. 가슴 속에서 솟는 눈물을 다스리며 사막이 변하여 "울창한 푸른 숲"이 될 때까지 살아내자고 다짐한다. 황사가 흐려놓은 현실 너머를 보려는 자세를 가다듬는다. 그런 결의는 시인 자신만을 위한 것이 아니다. 더불어 함께 그러하자고 타이른다. "이런 날 차마 아무도 못 보내요"하고 노래한다. 일견 '공무도하가公無渡河歌'를 부르는 백수 광부의 아내가

연상되기도 한다. 물을 건너는 님의 모습 대신 거친 모래 바람 속에 소멸을 향해 가는 길을 나선 님의 모습이 그려지기도 한다. 그러나 하순희 시인은 단순한 사랑 노래를 넘어서는 텍스트를 구현하고 있다. '내 님'만 못 보낸다는 사랑 노래를 부르지 않는다. 이런 험한 날에는 "아무도" 보내지 않겠노라는 시인의 결연한 의지가 텍스트에 드러나 있다. 텍스트에 구현된 등불의 이미지는 하순희 시조 전편을 통하여 거듭 등장하는 중요한 모티프이다. 「누대의 전설」에서도 "마음을 따뜻이 데우는 등불을 내다 건다"는 구절을 발견할 수 있다. 세상은 창고 안처럼 어둡고 암담하지만 어딘가에서 빛을 발하는 등불이 존재하는 한 삶은 중단할 수 없는 것이라고 이르는 듯하다. 누군가의 등불이 되는 존재가 되자고 스스로 다짐하는 것이기도 할테다. 한 치 앞을 볼 수 없도록 하늘과 땅을 메워버린 모래 바람을 텍스트에서 읽는다. 그 바람 속을 뚫고 가는 시인의 모습이 보인다.

하순희 시인은 텍스트 전편을 통하여 자신 앞에 주어진 삶의 근원을 들여다보는 자세를 보여주었다. 반듯하고도 포용력 있는 삶을 부단히 추구하는 모습을 그려내었다. 그런 그의 노래들은 궁극적으로는 미래를 향한 희망에 가 닿는다. 새 날을 살아갈 힘을 찾아내는 그 만의 제의가 깊은 밤 이루어진다. 「독백」을 보자.

밤마다 자정이면
내게로 향한 주문

열려라 참깨
열려라 참깨

내일은 더 나으리라
하늘 문을 여닫는다

— 「독백」 전문

독백은 혼자 하는 말이다. 자기 자신을 청중으로 삼아 이르는 말이다. 독백하는 시인은 스스로 아라비아 옛이야기의 알리바바가 된다. 그가 바위로 된 동굴 문 안에 숨겨둔 것은 금은보화가 아니어도 좋으리라. "내일은 더 나으리라"하는 희망의 노래를 부르며 고달팠던 하루를 접어가는 시인의 모습을 볼 수 있다. 밤마다 자정에 주문을 왼다. 하루가 끝나고 새로운 하루가 열리는 시간이다. "열려라 참깨" 이야기는 삶의 지혜를 가르쳐주는 현자의 교훈 같은 역할을 한다. 인류의 오래된 주문이 새로운 시어의 육체로 다시 등장한다. 하늘을 향해 외치는 주문이다. 그 주문을 외는 시간, "더 나은 내일"은 반드시 하늘에서 새로이 열릴 것이다.

존재론적 고독의 근원을 탐색하고 관계의 본질을 묻고 답하며 시인은 시조를 빚고 또 빚는다. 그 시편에는 물소리, 바람소리, 풍경소리 스며들어 고요하고 으아리꽃, 패랭이꽃도 얼려 피어 조화롭다. 하늘을 나는 새소리에서 어머니가 남기신 유산을 찾아내고 다시금 삶의 자세를 가다듬는다. 그리고 밤이면 밤마다 주문을 왼다. 삶을 무한히 긍정하므로 견인하는 삶이 가능하고 내일에의 희망을 버리지 않음으로 인하여 더욱 값있는 삶을 기릴 수 있다. 인내와 긍정의 인생길에서 하순희 시인이 다시금 발견하게 되는 것이 무엇일지 궁금하다.

하순희 | 1989년 《시조문학》 천료(추천 이태극), 1990년 《한국아동문학연구》 동시조 당선(심사위원 서벌), 1991년 경남신문 신춘문예 시조 당선(심사위원 김상옥), 1992년 서울신문 신춘문예 시조 당선(심사위원 정완영, 김제현). 시조집 『별 하나를 기다리며』, 시선집 『적멸을 꿈꾸며』, 동시조집 『잘한다잘한다 정말』. 중앙시조신인상, 경남시조문학상, 경남문학우수작품상, 성파시조문학상, 마산시문화상, 산해원문화상, 경남아동문학상, 현대불교문학상 등 수상. 경남시조시인협회장, 오늘의 시조부의장, 경남문협, 한국문협 평생위원, 한국시조시인협회, 한국불교문협 이사 역임. 대통령근정포장을 수훈함. 시조전문지 《화중련火中蓮》 편집장으로 심부름을 하고 있다.

고요아침 운문정신 025

종가의 불빛

초판 1쇄 인쇄일 · 2019년 11월 15일
초판 1쇄 발행일 · 2019년 11월 25일

지은이 | 하순희
펴낸이 | 노정자
펴낸곳 | 도서출판 고요아침
편   집 | 이광진 김남규

출판 등록 2002년 8월 1일 제 1-3094호.
03678 서울시 서대문구 증가로 29길 12-27 102호
전화 | 302-3194~5
팩스 | 302-3198
E-mail | goyoachim@hanmail.net
홈페이지 | www.goyoachim.net

ISBN 979-11-90047-38-8(04810)

*책 가격은 뒤표지에 표시되어 있습니다.
*지은이와 협의에 의해 인지는 생략합니다.
*잘못된 책은 교환해 드립니다.

경남문화예술진흥원
* 이 책은 경남문화예술진흥원의 문화예술지원을 보조받아 발간되었습니다.